D1125013

Don Batuta busca músicos para su orquesta

*A mis ahijados: Marina Suárez, Sacha,
Manuel y Pablo Azcona*

Marta Azcona

*A Ramón Franqueira Castromil,
que lleva la música en las venas*

María Menéndez-Ponte

Editorial Bambú es un sello
de Editorial Casals, SA

© 2014, María Menéndez-Ponte
   y Marta Azcona, por el texto
© 2014, Rosa Osuna, por las ilustraciones
© 2014, Editorial Casals, SA
Tel.: 902 107 007
www.editorialbambu.com
www.bambulector.com

Diseño de la colección: Miquel Puig

Primera edición: marzo de 2014
ISBN: 978-84-8343-305-8
Depósito legal: B-4671-2014
Printed in Spain
Impreso en Anzos, SL
Fuenlabrada (Madrid)

Cualquier forma de reproducción, distribución,
comunicación pública o transformación de esta
obra solo puede ser realizada con la autoriza-
ción de sus titulares, salvo excepción prevista
por la ley. Diríjase a CEDRO (Centro Español de
Derechos Reprográficos, www.cedro.org) si necesita fotocopiar o escanear algún fragmento de
esta obra (www.conlicencia.com; 91 702 19 70 /
/ 93 272 04 45).

Don Batuta busca músicos para su orquesta

María Menéndez-Ponte
Marta Azcona

Ilustraciones
Rosa Osuna

bam bú
EDITORIAL

1. Buscando a Don Batuta desesperadamente

Esta es la entrevista más difícil a la que me he enfrentado en toda mi vida. Y ahora os diré por qué. El personaje elegido era Don Batuta, el más famoso y excéntrico director de orquesta de todos los tiempos. Le mandé una docena de correos. Le llamé otras tantas veces por teléfono. Nunca me respondió. Estaba ya dispuesto a tirar la toalla, cuando un buen día apareció en mi ventana una paloma con un tubo atado a la pata.

¡Cuál no sería mi sorpresa al descubrir que dentro del tubo había un mensaje del mismísimo Don Batuta! El mensaje no podía ser más escueto: «Le espero, venga cuando quiera.» En un primer momento me llevé una gran alegría, pero enseguida me di cuenta de que estaba en el punto de partida: no sabía dónde localizarlo.

Pregunté aquí y allá, miré en internet, repasé todas sus entrevistas y leí las noticias que salían en la prensa sobre este gran director. Nada, no sabía a qué atenerme. Tan pronto estaba dando un concierto en un zoológico como terapia para monos estresados, como midiendo con su batuta la resonancia de los glaciares al derrumbarse. Parecía estar en todas partes y en ninguna al mismo tiempo, nadie conocía su dirección ni me daba razón de su paradero. Harto del asunto, decidí olvidarme de él.

Pero él, curiosamente, no se había olvidado de mí. Y me envió una segunda paloma, o tal vez era la misma, con otro mensaje: «¿Qué hace, que no viene? Le espero en mi madriguera musical.» Pensé que era una tomadura de pelo, porque no había ninguna dirección. Pero, al comprobar que la paloma no se movía del sitio, me fijé que llevaba un segundo tubo atado a la otra pata y ahí sí venía la dirección.

Así que me fui sin perder un minuto hacia Sonsonete, el pueblo en el que vivía Don Batuta. Por fin iba a conocer a ese enigmático y escurridizo personaje. Me recibió su ayudante, un tal Amnesio. Un joven de mirada ensimismada, larguirucho y desgarbado, que parecía no tener sangre en las venas y que arrastraba los pies al andar.

Me hizo pasar a una pequeña estancia que supuse que sería la antesala de lo que Don Batuta llamaba su madriguera musical, y me ofreció sentarme en un viejo sillín de bicicleta atornillado en el suelo a modo de taburete, un auténtico potro de tortura. Y ahí me quedé, nervioso, sin saber lo que me iba a encontrar. Todas las entrevistas a Don Batuta que había leído hasta el momento parecían respondidas por personas diferentes. ¿Quién era realmente Don Batuta? ¿Un genio, un loco, un farsante...?

2. Un genio, un loco, un farsante

Pasaban los minutos y allí seguía yo preocupado por si se habían olvidado de mí. Me entretuve observando las fotos que atiborraban las paredes: Don Batuta practicando esquí acuático, su blanca melena al viento; Don Batuta saludando al Presidente de Estados Unidos; Don Batuta recogiendo la Corchea de Oro; Don Batuta dando un concierto en el templete de una plaza. A pesar de su escasa estatura, su magnetismo le hacía parecer un gran hombre. Irradiaba confianza en sí mismo e iluminaba cada una de las fotos con su deslumbrante sonrisa.

Cuando me quise dar cuenta, estaba empapado en sudor. En aquel minúsculo lugar hacía un calor sofocante y seguía sin aparecer nadie. Finalmente, una potente voz que provenía de la habitación contigua me arrancó de mis pensamientos.

—¡Por todas las corcheas del pentagrama! O pasa de una vez o me como todo el bizcocho.

Me quedé desconcertado. ¿Se dirigiría a mí? Para salir de dudas, me levanté de aquel incómodo sillín y tímidamente pregunté:

—Don Batuta, ¿me habla a mí?

—¡Qué Don Batuta ni qué Don Batuta! —vociferó—. Entre antes de que se enfríe el té.

Entré y me quedé estupefacto. Colgado de un trapecio y balanceándose a velocidad vertiginosa estaba ese pequeño gran hombre con una humeante taza de té en una mano y medio bizcocho en la otra. Todo en aquella estancia era sorprendente. Parecía un mercadillo. Además del trapecio había una bañera antigua, un gramófono, ropa tendida, discos, un piano, una bicicleta, un caballito de cartón, un enorme pentagrama con la escala de notas, una gotera con una palangana... Fingí que nada me sorprendía, me senté al lado de una pequeña mesa en la que estaba dispuesta la merienda y me serví el té. Cuando iba a dar el primer sorbo, su imponente voz me detuvo:

—Lo siento, se le ha terminado el tiempo de la merienda. ¿Qué quiere saber de mí?

Pulsé el botón de mi grabadora y lancé mi primera pregunta:

—¿Don Batuta es su nombre de pila o su nombre artístico?

—Me alegro de que me haga esa pregunta, pero no se la voy a contestar. ¿Ha terminado la entrevista?

—Pero... pero... —balbuceé agobiado—, si ni siquiera ha comenzado.

—¿Y a qué espera? ¡Por todas las corcheas del pentagrama!

—¿Cuándo empezó su vocación musical, Don Batuta?

—Antes de nacer.

—Aah... ¿sí?... ¿Es eso posible?

—Y tanto que lo es. Ya en el vientre de mi madre me mecía al ritmo de los latidos de su corazón.

—De ahí su afición al trapecio, ¿verdad?

—Verdad o mentira, ese es mi problema. Siguiente pregunta.

—¿Qué es la música para usted, Don Batuta?

—Lo mismo que para usted el aire que respira.

Aspiré una bocanada de aire y lo exhalé aliviado. Por fin me respondía a una pregunta. Ya me estaba temiendo que no me diera más que cortes.

—¿Cuál es su compositor favorito?

—Esa pregunta es muy íntima, prefiero no contestar.

Y al decir esto, ejecutó un salto mortal y aterrizó a mis pies.

—¿Bailamos? —me preguntó.

Y antes de que pudiera responder, me agarró y empezamos a girar por toda la habitación a ritmo de vals.

Azorado, le dejé caer la siguiente pregunta:

—¿Qué tiene usted entre manos en este momento, Don Batuta?

—¿No lo ve? A usted.

—Me refiero a cuáles son sus proyectos inmediatos. ¿Tiene usted algún concierto a la vista?

—¿Ve usted alguno por aquí? Estoy en el dique seco. No tengo nada. No tengo orquesta ni conciertos ni compromisos. Tengo el gramófono estropeado. Y una gotera que me cae constantemente en la calva.

Seguíamos dando vueltas y más vueltas. Era un consumado bailarín, pero yo empezaba a estar mareado. ¿Sería una táctica suya para evitar hablar de sí mismo? Daba igual. Me había propuesto no salir de allí sin descubrir quién era realmente aquel hombre: un genio, un loco o un farsante.

3. Una llamada del alcalde

Cuando yo ya estaba a punto de desfallecer, Don Batuta se detuvo en seco y, sin mediar palabra, se encaramó de un salto al trapecio y comenzó a cantar una ópera de Verdi:

La donna è mobile,
qual piuma al vento,
muta d'accento,
e di pensiero.

Su voz me impresionó. Parecía un cantante profesional. Cautivado por su calidez, cerré los ojos y me dejé llevar por la magia del momento. Hasta que el estridente timbre del teléfono me devolvió a la realidad. ¡Riiiiing! ¡Riiiiing! Pero Don Batuta, transpor-

tado por la música, no parecía darse cuenta y seguía cantando:

Sempre un amabile,
leggiadro viso,
in pianto o in riso,
è menzognero.

¡Riiiiing! ¡Riiiiing! ¡Riiiiing! Ese molesto sonido empezaba a desquiciarme.

–¡Por todas las corcheas del pentagrama! –rugió Don Batuta desde el trapecio–. ¿Quién se atreve a interrumpir mi canto?

Furioso, se quitó uno de los enormes zapatos que llevaba y lo lanzó con fuerza contra el teléfono. Pero, en lugar de conseguir el tan ansiado silencio, el auricular quedó descolgado y se oyó una insistente voz:

–¿Oiga?... ¿Oiga? ¿*Allô*, Don Batuta? ¿Es usted Don Batuta?

–¿Se cree usted que soy tan tonto como para contestar a una llamada que no es para mí? ¡Mi! ¡Mi! ¡Mi! ¡Miiiii! –Entonó varias veces la nota.– Que mis tan afinados, tan bellos, tan armoniosos...

–Le oigo muy mal, Don Batuta –se quejó la voz.

–Si no oye usted estos mis tan agudos, es síntoma

de que se está quedando tan sordo como mi amigo Beethoven.

–Don Batuta, soy el Alcalde y quiero que su orquesta dé el concierto inaugural de las fiestas de Sonsonete. ¿Acepta usted?

Don Batuta, entusiasmado con la oferta, ejecutó un triple salto mortal, cayó sobre el teléfono y activó el botón de manos libres.

–Naturalmente que acepto –respondió–. ¿Se cree usted que soy tan tonto como para perder la oportunidad de recordarle al mundo quién soy?

Y de la alegría que le embargó, se volvió a subir al trapecio y se puso a cantar:

Mi, mi, mi barba tiene tres pelos,
tres pelos tiene mi barba...

–¿Don Batuta? ¿Sigue usted ahí? ¿*Allô*? –insistió el Alcalde.

–¡Por todas las corcheas del pentagrama! ¿Quiere usted dejarme ensayar de una maldita vez? –se enfadó Don Batuta–. ¡Amnesiooooo!

Amnesio, el fiel ayudante de Don Batuta, entró comiendo un yogur y se tropezó con la bicicleta.

–¡Ayyyyyyyyy! –chilló.

–Rápido, Amnesio, ciérrale el pico a ese pelma –le ordenó Don Batuta.

Amnesio, con su meloso acento cubano, dijo en voz alta:

–Me pregunto cómo me las voy a arreglar para cerrarle el pico a ese pelma. Concéntrate, Amnesio.

–¡Pero, oiga! ¿Quién se ha creído usted que es? –se indignó el Alcalde al otro lado de la línea.

Amnesio se esforzó en hacer memoria.

–Me pregunto quién me he creído yo que soy. Me rindo, *brother* –dijo encogiéndose de hombros, y colgó el teléfono.

–¡Qué me rindo ni qué me rindo! –lo apremió Don Batuta–. Llama inmediatamente al periódico y pon un anuncio para solicitar músicos para mi orquesta. ¡Ar!

4. Don Batuta pone un anuncio

Me sorprendió que Don Batuta aceptara semejante propuesta. ¿Cómo se las iba a arreglar para encontrar músicos y ensayar un repertorio si las fiestas empezaban al cabo de dos semanas? Mientras yo me hacía estas reflexiones, Amnesio parecía bloqueado, incapaz de poner el anuncio.

–Me pregunto cuál será el número del periódico. Concéntrate, Amnesio.

–¡Qué concéntrate ni qué concéntrate! –le chilló Don Batuta–. ¡Vamos, marca! 9 0 2 4 3 8 7 0 0

Amnesio marcó obedientemente el número que le dictó Don Batuta. Al otro lado de la línea, una voz de mujer respondió a su llamada:

–Este es el contestador automático de *La voz*. Si quiere suscribirse al periódico, pulse uno. Si quiere poner un anuncio, pulse dos. Si quiere hablar con algún redactor, pulse tres...

—Me pregunto si tengo que pulsar tres, dos o uno —dijo Amnesio en voz alta—. Concéntrate, Amnesio.

—¡Por todas las corcheas del pentagrama! —bramó Don Batuta—. Decídete de una vez.

Por fin Amnesio pulsó el dos y el contestador solicitó:

—Por favor, diga su nombre alto y claro.

—Qué nombre ni qué nombre —saltó Don Batuta, impaciente—. Registre usted el texto del anuncio y déjese de marear la perdiz.

Acróbatas e ilusionistas,
sopranos y electricistas,
cuerdas, vientos y metales,
huracanes con timbales,
piñas, frutas tropicales,
gigantes y cabezudos,
creadores concienzudos...

—No le he entendido. Repita alto y claro su nombre.

Pero Don Batuta, haciendo caso omiso, prosiguió su encendido discurso:

Dejad de roncar dormidos.
Dejad de soñar despiertos.
¡Levantaos de la cama!
¡Venid a alcanzar la fama!

—No le he entendido. Por favor, repita alto y claro su nombre —insistió machaconamente el contestador.

—DON BA–TU–TA. ¡Por todas las corcheas del pentagrama, qué pesada!

—Por favor, diga el texto del anuncio.

Don Batuta, contrariado, en lugar de dictarle un anuncio claro y sencillo, siguió desbarrando con lo que parecía más un mitin electoral. Y acto seguido colgó.

Me quedé alucinado de la confianza que mostraba Don Batuta de que su anuncio hubiera quedado registrado. Había sobrepasado con mucho el límite de tiempo de grabación.

5. Don Batuta entrevista a artistas morrocotudos

El repiqueteo de la lluvia en la claraboya de mi cuarto me arrancó bruscamente de mis sueños. En vista de que ya no podía seguir durmiendo, me levanté, agarré mi tableta y navegué entre los anuncios del periódico hasta dar con el de Don Batuta. Tal y como me temía, no tenía ni pies ni cabeza:

¡LEVANTAOS DE LA CAMA,
CREADORES CONCIENZUDOS!
¡VENID A ALCANZAR LA FAMA,
ARTISTAS MORROCOTUDOS!

Nada más leerlo, llamé a Don Batuta para advertirle de lo confuso que resultaba el anuncio, pero no me respondió. Así que, en lugar de ir a la redacción, me dirigí a su madriguera.

La puerta del local de ensayo era un hervidero de gente de todo tipo. Amnesio apenas podía contener aquel peculiar gentío que se peleaba por entrar. Había un hombrecillo subido en unos zancos, un grupo de malabaristas, un muñeco gigantesco de cartón que llevaba en brazos a un ventrílocuo, un hombre con dos cabezas, una negra y una blanca, un sinfín de estatuas callejeras humanas... Aquello parecía un circo.

Me abrí paso entre la gente y saludé a Amnesio, que ni siquiera me reconoció, pero me dejó entrar cuando le mostré mi carné de periodista.

—¡Largo, fuera, animal! —oí que gritaba Don Batuta a uno de los candidatos. Y a continuación, ya más calmado, ordenó—: ¡Que pase el siguiente!

Me colé adelantándome a un cocinero grandón y coloradote, vestido con un delantal de cuadros rojos y un gorro blanco, y asomé la cabeza.

—Buenos días, Don Batuta, he venido a... —Sobre la marcha improvisé una excusa para poder ser testigo de cómo iba a elegir músicos para su orquesta entre aquella pandilla de extravagantes.— ... a hacer unas fotos para la entrevista de ayer. ¿Le importa?

–¡Qué entrevista ni qué entrevista! ¡Adelante!

–¿Da usted su permiso? –aprovechó el cocinero dejando caer una bolsa llena de cacerolas en medio de la estancia.

–Lo que le voy a dar es el compás –replicó Don Batuta–. Y usted tendrá que demostrarme lo que sabe hacer con sus instrumentos. ¿Qué tal si empezamos con un vals o una polca?

El cocinero se rascó la cabeza, desconcertado.

–Pues... hombre... esos no los tengo en mi menú, pero si le hacen unos espaguetis o un solomillo, nadie afinará tanto como Salchicha, que así me llaman –le dijo tendiéndole la mano, y acto seguido añadió–: Para servirle a usted y a su barriga de usted.

–¡Qué barriga ni qué barriga! Vamos, no se quede ahí parado y empiece a hacer sonidos.

Salchicha abrió su bolsa y empezó a sacar todo tipo de utensilios que fue colocando encima de la mesa: pucheros, sartenes, cazos, tenedores... A continuación empuñó un par de cucharas y se puso a tocar la batería de cocina y a cantar un rap culinario.

La pimienta con los ajos
y el ritmo con perejil
adoban el solomillo

que yo le voy a servir.
Ritmo, ajos, pimienta y perejil.
Ya verá, cuando lo pruebe,
cómo va usted a repetir.

Remató el rap con un solo de batería de cocina que dejó alucinado a nuestro genial director y a mí mismo, que empecé a disparar una foto tras otra.

–¡Bravo, bravísimo! Queda usted contratado para la famosísima orquesta de Don Batuta.

Salchicha arqueó las cejas tan sorprendido como yo.

–¿Orquesta? Querrá usted decir cocina.

–¡Qué cocina ni qué cocina! –dijo Don Batuta mientras se ponía a bailar y canturrear–. El caso es tocar, seguir el compás: un pie hacia delante y el otro hacia atrás, tirurirurí, tirurirurá. Hale, hale, fuera, fuera, a ensayar. ¡Que pase el siguiente! –exclamó.

¿Contratar un cocinero? ¿Sería una broma? ¿Una estrategia para quitarse de encima a los candidatos sin dar demasiadas explicaciones? La llegada de una señorita cursi, lánguida y con aires de grandeza, tocando una flauta travesera, interrumpió mis reflexiones. Don Batuta la miró embobado y exclamó:

–¡Oh, la flautista de Hamelín!

–De Hamelín no, de Lepe –le aclaró ella. Y le tendió la mano para que Don Batuta se la besara–. Soy la señorita Pitiminí. ¿Quiere que le dé un mi?

–Es usted un sol, la idolatro, déme usted la nota que quiera.

La señorita Pitiminí se llevó la flauta a los labios y tocó la nota mi varias veces.

Mi Mi Mi Mi Mi Mi Mi Mi

Don Batuta se levantó de la silla y se le acercó totalmente seducido.

–Oh, qué lindo mi, qué bien huele. ¿Quiere ser usted mi esposa?

En ese momento se abrió la puerta de golpe y entró Amnesio con un fajo de partituras en una mano y sujetando con la otra a un joven de mirada desafiante, tatuado hasta las cejas y con el pelo en cresta.

–¡Por todas las corcheas del pentagrama, Amnesio! ¿No ve que estoy con mi prometida, la señorita Pitiminí? –exclamó Don Batuta–. ¿A qué viene esta interrupción?

–Me pregunto a qué viene esta interrupción. Concéntrate, Amnesio. Me rindo.

–Está claro, cabeza de merluzo. Has venido a delatar a Arpegio –dijo Don Batuta, señalándolo–.

¿Crees que no sé que llevas tiempo robándome mis composiciones?

–¿Acaso tengo yo cara de chorizo? –se indignó Arpegio–. ¿Acaso tengo yo cara de ladrón? ¿Acaso tengo yo cara de chorizo y de ladrón?

–Pues sí, lo llevas escrito en la frente, y aquí está la prueba –dijo Don Batuta cazando las partituras al vuelo–. Devuélveme todas las que me has robado o llamo inmediatamente a la policía.

–Ay, Don Batu, por favor, deje que se vaya –intervino la señorita Pitiminí–. Esta situación me sobrepasa, detesto la violencia. A mí me va a dar algo, es que me da algo.

Aprovechando que Don Batuta estaba pendiente de la flautista, Arpegio se revolvió con un brusco movimiento, se deshizo de Amnesio y salió corriendo, dejando en el suelo un reguero de partituras.

Don Batuta ordenó a Amnesio que fuera tras él y, volviéndose a la señorita Pitiminí, le dijo:

–Siento que haya sido testigo de esta situación tan incómoda. Queda contratada.

–Ay, Don Batu, no sé qué decirle, qué quiere que le diga, estoy emocionada, creo que me voy a desmayar –dijo teatralmente mientras se abanicaba con una partitura.

–Haga lo que quiera, pero mañana esté a las nueve en punto para el ensayo y venga ya desmayada.

Yo, pasmado, me pregunté si esa flautista cursi, lánguida y con aires de grandeza sería capaz de aguantar la tensión de un concierto.

6. ¡Animales, más que animales!

Al día siguiente, Don Batuta se balanceaba en su caballo de cartón al ritmo de una acalorada discusión que mantenía con Salchicha y con la señorita Pitiminí sobre el repertorio del concierto. Se le veía nervioso. La víspera había abroncado a Amnesio por haber dejado escapar a Arpegio con sus partituras y ahora los dos únicos miembros de la orquesta no se ponían de acuerdo. Yo, desde un lugar apartado, tomaba notas para mi reportaje.

La flautista sugirió incluir en el repertorio una canción de su infancia que para ella significaba mucho. El cocinero rechazó su propuesta y ella, sin hacerle ningún caso, comenzó a cantarla:

Tengo una muñeca
vestida de azul
con su camisita
y su canesú...

Don Batuta, airado, la interrumpió:

–¡Qué paseo ni qué paseo! A ese ritmo no llegamos nunca. Algo más rápido.

–Pues yo tengo *fast food* –dijo Salchicha, deseoso de salirse con la suya.

–¡Vamos! ¿A qué espera?

Y Salchicha se lanzó a cantar:

Gominolas de colores,
caramelos de limón,
chocolate de avellanas
y un helado de turrón.

–¡Cállese ya, que se me hace la boca agua! –le ordenó Don Batuta–. Donde esté mi caballito blanco, que se quite lo demás.

Caballito blanco,
llévame de aquí,
llévame hasta el pueblo
donde yo nací.

De pronto, y para sorpresa de todos, se abrió la puerta y entró un caballo percherón blanco seguido de un cerdo, cuatro ovejas, dos vacas, media docena de gallinas y un gallo.

—¡Por todas las corcheas del pentagrama! Con qué rapidez ha venido el caballo. Pero no pienso volver al pueblo.

—Ni nosotros a la granja —dijo el cerdo—. Nos hemos escapado y necesitamos protección.

—¡Qué protección ni qué protección! ¡Fuera de aquí! ¡Nunca había visto tanto animal junto!

—Pues debe de estar usted ciego. Esta ciudad está llena de animales. Eso sí, de dos patas, con traje, sombrero y portafolios —le replicó el cerdo.

—Ahí le doy la razón —dijo Don Batuta—. Pero esto no es una sociedad protectora de animales.

—Si fuéramos delfines, focas o ballenas, cualquier ecologista nos echaría una mano. Pero ¿quién va a preocuparse por unos vulgares animales de granja?

—No es asunto mío. Lo mío es la música: seguir el compás, un paso hacia delante y otro hacia atrás. Tirurirurí, tirurirurá.

Al cerdo se le iluminó la cara e intercambió una mirada de complicidad con el resto de los animales. Todos a una salieron hacia el vestíbulo y regresaron al instante tocando una serie de instrumentos:

el cerdo, la gaita escocesa, las vacas el contrabajo, las ovejas la trompeta y el trombón, las gallinas las maracas y el gallo el xilofón. Y se pusieron a cantar una canción de protesta con un animado ritmo de rock.

Miré a Don Batuta, quien, encendido por la ira, se golpeaba la rodilla compulsivamente con la batuta. Pensé que los iba a echar de allí con cajas destempladas. Pero, contra todo pronóstico, el impredecible director, dejándose llevar por la emoción del momento, dijo estas sentidas palabras:

—Es posible arrastrar a las ovejas al matadero, a las gallinas y al gallo al puchero; al caballo a la noria y a la vaca y al cerdo al carnicero. Pero lo que no es posible es arrancarle a un músico la poesía del alma; y esta poesía es la que me hace decir: ¡¡¡Bienvenidos a la orquesta de Don Batuta!!!

Tengo que reconocer que su discurso me emocionó. La señorita Pitiminí, en cambio, se levantó muy airada y, sin la menor compasión por la desdichada vida de los animales, mostró su total desacuerdo:

—Ay, Don Batu, no sé cómo decirle, qué quiere que le diga. Me parece de pésimo gusto aparecer en público con esta chusma.

—¿Chusma nosotros? Sepa usted que el cerdo Henry desciende de una de las más rancias y aristocráticas familias de Escocia, los MacPig —se ofendió el cerdo.

–Rancio y además apestoso, *mi arma*. ¿Hace cuánto que no se cambia la falda? –le recriminó la señorita Pitiminí.

–Esta falda es un legado de familia. Ha pasado de generación en generación sin conocer el jabón.

Me fijé en el *kilt* de MacPig y comprobé que no le habría venido mal un lavado.

–*Ozú*, don Batu, que me da algo. Este cerdo es un marrano –se escandalizó la señorita Pitiminí.

–Efectivamente, es un marrano, pero sin duda alguna es nuestra salvación. Se queda, no hay más que hablar –afirmó tajante Don Batuta.

–Ay, Don Batu, no sé cómo decirle, qué quiere que le diga.

–Nada, no diga nada, cierre ese pico, cotorra, loro, cacatúa. Y a ensayar. ¡Ar!

La señorita Pitiminí, muy ofendida, comenzó a recoger sus cosas. La tensión se palpaba en el ambiente. Pero tengo que reconocer que me estaba divirtiendo horrores. Aquello era mucho mejor que asistir a una comedia.

–Lo siento, Don Batuta –insistió la señorita Pitiminí–, pero si ellos se quedan, yo me voy.

–Me alegro. No se lo quería decir, pero se lo voy a decir. La música no se pierde nada sin usted. Si uno no sabe trabajar en equipo, no me interesa. Ahí tiene la puerta, mi ex flor de Pitiminí. Adiós. *Goodbye. Auf Wiedersehen. Arrivederci. Au revoir.*

–Vale, pero esto no va a quedar así, se va a enterar de quién soy yo –masculló indignada y con una expresión de ferocidad que nada tenía que ver con la flautista lánguida y pusilánime que me había parecido.

Se marchó dando un portazo. Y yo me quedé pensando si las palabras de la señorita Pitiminí se las llevaría el viento o si, por el contrario, sería capaz de cumplir su amenaza. En cambio, Don Batuta no parecía nada preocupado. Sin más, dio por finalizada la sesión hasta el día siguiente y ordenó a Amnesio que guardara en la galería todos los instrumentos, incluida la flauta que la señorita Pitiminí se había dejado olvidada.

7. Y para colmo, un iluminado

A la mañana siguiente, acudí a la madriguera de Don Batuta para asistir a lo que sería el primer
ensayo de la inusual orquesta que había contratado.
Me preguntaba qué clase de concierto iba a dar con
un cocinero y quince animales de granja. Pero Don
Batuta parecía tener todo bajo control. Me lo encontré encaramado en su trapecio y echándole una bron-
ca a un extraño personaje con la cabeza en forma de
bombilla y rematada por un ridículo sombrerito que
se encendía y se apagaba intermitentemente:

—¡Profesor Bombilla! Es usted un palizas. ¡No me
haga perder el tiempo! ¡Fuera de mi vista!

El Profesor Bombilla, imperturbable, sacó una pi-
zarra de un maletín y empezó a escribir números
mientras proseguía con una apabullante verborrea:

—Tras largas noches de insomnio, de trabajo y desvelos, di con la fórmula perfecta. Sumé 14 , resté 5, dividí por 3 y... ¿qué me dio?

—A usted no sé, pero a mí me dan ganas de estrangularlo.

A pesar de su amenaza, el Profesor Bombilla dibujó un tres y dijo:

—Me dio un 3. Y digo tres porque 3 son los lados de un triángulo, la figura que me llevó a idear este maravilloso instrumento, mi querido Don Batuta.

Dicho lo cual, el Profesor Bombilla sacó un triángulo del maletín y empezó a tocarlo acercándolo a la oreja de Don Batuta.

—¡Qué maravilloso sonido! Y digo maravilloso porque recuerda a las frágiles pisadas de las hadas sobre el cristal de una bombilla, a las delicadas gotas del rocío sobre el cristal de una bombilla...

—¡Qué gotas de rocío ni qué gotas de rocío! —rugió Don Batuta arrebatándole el instrumento de las manos y arrojándolo por la ventana—. Es usted un pelmazo. El triángulo ya está inventado desde tiempos de los hebreos.

El Profesor Bombilla, despojado de su instrumento y humillado por las palabras del director, masculló para el cuello de su camisa:

—Me las pagará todas juntas, y digo que me las

pagará todas juntas porque ya son muchas humillaciones y esta es la gota que colma el vaso.

Y se marchó con la cabeza muy alta y la luz de su sombrerito parpadeando vertiginosamente, a punto de estallar.

–¿Quién es este curioso personaje, Don Batuta? –le pregunté.

–Y a usted qué le importa.

–Le recuerdo que estoy haciendo un reportaje sobre usted.

–En ese caso, le diré que es un inventor que quedó tocado por una descarga eléctrica y cree que inventa instrumentos que están ya inventados. Pero dejémonos de charlas y vamos a ensayar. ¡Ar!

8. Desaparecen los instrumentos

En ese momento irrumpió Amnesio en la sala con un cesto lleno de morralla que volcó a los pies del director. Había cuerdas de varios grosores, un silbato, trocitos de madera y chatarra de todo tipo.

–¡Pero qué demonios es todo esto!

–Lo que usted me ha pedido, Don Batuta: cuerda, madera, viento y metal.

–¡Pedazo de alcornoque! –explotó el director–. Lo que yo le he pedido son los instrumentos. ¡Vaya a por ellos! ¡Ar! Sin cuerda, madera, viento y metal, los músicos de la orquesta no pueden tocar. –Y volviéndose a mí, dijo:– Este tío es un calocéfalo, tiene una hermosa cabeza, pero desgraciadamente no tiene ni pies ni cabeza.

Amnesio salió arrastrando los pies con una lentitud exasperante. Don Batuta, impaciente, lo apartó y me llevó por una empinada y peligrosa escalera de caracol hasta una galería que, en vez de cuadros, tenía dibujadas en las paredes las siluetas de todos los instrumentos de la orquesta. El único objeto a la vista era un termómetro gigante cuyo fin era controlar la temperatura para conservarlos en perfecto estado. Vi cómo Don Batuta perdía el color mientras contemplaba las paredes vacías.

–¿Dónde están los instrumentos de la orquesta? ¿Y dónde mi piano Steinway? ¿Y mis batutas? –Se horrorizó.– ¿Y mi maravillosa colección de maracas del mundo? ¿Y mis silbatos ucranianos? ¿Y mis yuruparís del Amazonas? ¿Y mis ukeleles de la Polinesia? Sin cuerda, viento, madera y metal los músicos de mi orquesta no podrán tocar –añadió al borde de las lágrimas.

En ese preciso instante, el cerdo Henry, seguido de su corte de animales, irrumpió en la galería vacía de instrumentos y, desenrollando un rollo de papel higiénico, empezó a leer una proclama escrita en él:

–Yo, Henry, descendiente de una de las más rancias y aristocráticas familias de Escocia, los MacPig, como representante y portavoz de los animales de esta orquesta quiero comunicarle las resoluciones que, a raíz del incidente con la señorita Pitiminí, han sido aprobadas en asamblea general.

—¡Qué asamblea ni qué Pitiminí! —se impacientó Don Batuta—. Déjese de discursos. ¡Esto es una orquesta y aquí se viene a tocar!

Henry, haciendo caso omiso a las palabras del director, prosiguió:

—Uno: los animales somos seres humanos y, como tales, nos negamos a ser tratados como bestias. Dos: merecemos respeto, y por tanto exigimos que nadie haga chanzas que degraden nuestra condición porcina, vacuna, ovina, avícola y equina...

—¡Qué avícola ni qué equina! —interrumpió Don Batuta—. ¡Nos han robado los instrumentos! Esto es una calamidad, un cataclismo, un descalabro, una hecatombe, un golpe bajo de la fortuna.

—¡Oh, *heavens*! ¿También mi valiosísima y antiquísima gaita escocesa? —preguntó el cerdo, acongojado—. ¿Esa con la que mis antepasados participaron tanto en batallas como en celebraciones y con la que yo mismo grabé la banda sonora de la película *Braveheart*?

—Sí, esa misma. Y también se han llevado mi irreemplazable Stradivarius, con el que fuimos acunados todos los miembros de mi insoportable familia.

Don Batuta y Henry se fundieron en un sentido abrazo y todos los animales se echaron encima de ellos llorando desconsolados. Entretanto me puse a disparar fotos de la desangelada galería.

Inmediatamente Don Batuta, nervioso, deshizo el abrazo y vino hacia mí amenazante:

—Como publique la noticia del robo, le corto las orejas.

—Entonces... ¿no piensa denunciarlo a la policía? —pregunté, perplejo.

—¡Qué policía ni qué policía! Si esto llega a trascender, el Alcalde buscará a otro para dar el concierto.

—Por mí no hay problema, pero ¿cómo piensa darlo si no aparecen los instrumentos?

—Ayúdeme usted a recuperarlos y lo convertiré en mi biógrafo oficial.

Su oferta me sorprendió tanto que dije sin pensar:

—Acepto, es un honor.

—Dispone de veinticuatro horas para encontrarlos. ¡Ar!

9. Mi gran reto profesional

Tras una noche de insomnio, sin parar de dar vueltas a la propuesta de Don Batuta, me levanté con el convencimiento de que era una insensatez haber aceptado su oferta. ¿Cómo iba a resolver el caso con tanta premura? ¿Sería capaz de llevar a cabo un trabajo más propio de detective que de periodista? Me sentí abrumado por las dudas y la responsabilidad. Si no encontraba a tiempo los instrumentos, Don Batuta no podría dar su concierto, lo cual lo hundiría profesionalmente. Y a mí con él, pues si esto sucedía, perdería su confianza y ya podía olvidarme de escribir su biografía. Por no hablar de que podría incluso perder mi puesto de trabajo si mi jefe se enteraba de que había dejado pasar la oportunidad de publicar una gran primicia, el robo de los instrumentos.

Cuando llegué a su madriguera dispuesto a decirle que renunciaba al difícil reto que me había planteado, me encontré a Salchicha y a MacPig con su corte de animales, todos apretujados, en total conté dieciséis. Les pregunté qué hacían ahí y me respondieron que Don Batuta les había convocado para ensayar.

–¿Y con qué instrumentos? –me asombré.

En ese instante, el extravagante director entró empujando una carretilla llena de utensilios de jardinería: tijeras de podar, sierras, martillos, rastrillos, etcétera, y se puso a repartirlos entre los músicos junto con las partituras.

–Vamos, no hay tiempo que perder. ¡A ensayar! ¡Ar!

Y dicho esto, descorrió una cortina de ducha abarrotada de anotaciones musicales y, ante nuestros ojos, apareció una magnífica estancia, amplia y luminosa, que contrastaba ostensiblemente con su abigarrada madriguera. Los músicos se colocaron en sus puestos y, a una señal de Don Batuta, empezaron a tocar.

Me quedé impresionado de lo bien que sonaban. De hecho, si cerraba los ojos, era incapaz de distinguir si el sonido provenía de un violín o de una sierra. Una vez más, me maravilló la gran capacidad del director para salir airoso de cualquier circunstancia adversa. En ese momento decidí aceptar el reto de encontrar los instrumentos: si Don Batuta era capaz de superar semejante obstáculo, yo no iba a ser menos.

No obstante, tuve que contener la risa al ver al genial director subido a una tarima, melena al viento, y dirigiendo una canción que era más propia de un patio de colegio que de una orquesta.

Las tijeras cortan pelos,
tris, tras, tris, tras.
Cortan uñas y demás,
tris, tras, tris, tras.
Las tijeras cortan, cortan
y no paran de cortar.
Las tijeras cortan pelos,
tris, tras, tris, tras.

En estas estaban, cuando la señorita Pitiminí irrumpió en la sala y, al verla, los animales, tijera en mano, se levantaron todos a una y la rodearon amenazadoramente, haciendo sonar con saña sus instrumentos. Yo temí por su rubia melena y, por su reacción, ella también, pues, con ojos espantados, gritó pidiendo ayuda:

–¡Socorro! ¡Auxilio! ¡Don Batuta, sálveme de las tijeras de estas bestias salvajes! ¡Aaargh, quítemelos de encima! Me da algo, a mí me va a dar algo.

El director, haciendo gala de su autoridad, con un giro de batuta en el aire hizo callar las tijeras y retroceder a los músicos.

–¡Por todas las corcheas del pentagrama, creí que nunca volvería a verla!

–He venido a buscar mi flauta –respondió ella, más áspera que un papel de lija.

–Qué flauta ni qué flauta, agarre unas tijeras y póngase a ensayar.

–Don Batuta, ya le he dicho que yo no puedo tocar al lado de estas bestias salvajes, solo he venido a recuperar mi flauta.

–Pues justo eso, va a ser que no. Los instrumentos han volado.

–¿Han volado? ¿Dónde? Es mi única flauta. Devuélvamela o le denunciaré por robo.

–Y yo a usted la denunciaré a la Sociedad Protectora de Animales, por discriminarlos e insultarlos. Fuera de aquí, cacatúa.

La señorita Pitiminí, indignada, lo amenazó con el dedo mientras exclamaba con sarcasmo:

–El que ríe el último, ríe mejor.

Y abandonó el local con paso marcial.

10. Ni instrumentos, ni salchichas, ni gaitas

Dejé a los músicos con sus tijeras, sierras, rastrillos y demás y bajé a la galería donde Don Batuta guardaba los instrumentos. Entonces, en una primera inspección, caí en la cuenta de que la puerta no había sido forzada. Estaba claro que el ladrón tenía que haber sido alguien con acceso a la madriguera del genial director. El primero de mi lista de sospechosos era Arpegio, el ratero que ya había sido sorprendido varias veces robando las partituras de Don Batuta. Luego tenía a dos personajes que habían jurado vengarse de él: el Profesor Bombilla y la señorita Pitiminí. Aunque a esta última la descarté de inmediato, puesto que acababa de venir a reclamar su flauta travesera. También existía la posibilidad de que Amnesio, a causa de su frágil memoria,

hubiera guardado los instrumentos en otro lugar y no lo recordara.

Decidí empezar por el ayudante de Don Batuta. Al subir de nuevo las escaleras, tropecé con algo que tintineó bajo mis pies. Lo recogí y descubrí dos pequeños cascabeles de plata unidos por una cadenita. Los guardé en mi bolsillo pensando que podría ser uno de los gemelos de Don Batuta. Pero, cuando entré en la sala de ensayo para preguntarle si eran suyos, lo encontré ensayando un sorprendente y nuevo número musical.

Salchicha, sartén en mano, estaba friendo un puñado de salchichas mientras cantaba eufórico sin advertir la mirada asesina que le estaba lanzando Henry:

Diez salchichas friéndose en la sartén,
diez salchichas friéndose en la sartén,
una hizo pop y la otra hizo beng.

A causa del chisporroteo, una de las salchichas salió disparada y fue a parar a manos del cerdo, quien, loco de ira, se lanzó al cuello de Salchicha, que seguía cantando a todo pulmón:

Nueve salchichas friéndose en la sartén,
nueve salchichas friéndose en la sartén,
una hizo pop y la otra hizo beng...

En ese instante, Henry MacPig le agarró el gaznate con las manos y se puso a dar gritos desaforados reprochándole su afrenta:

—¿Cómo se atreve a freír la carne de mi carne en una sartén? Es usted un asesino, un criminal, un desalmado.

Los animales rompieron a aplaudir:

—¡Así se habla, Henry! ¡Bravo! ¡Muy bien!

—¡Bravo, bravísimo! —se entusiasmó Don Batuta.

De la alegría que les dio a todos los animales sentir el apoyo de su admirado maestro, el caballo relinchó, las ovejas balaron, las vacas mugieron y las gallinas pusieron un huevo entre alborozados cacareos. Henry, conmovido, se abrazó a Don Batuta al tiempo que le daba las gracias por su incondicional apoyo. Pero este lo apartó y dijo con displicencia:

—¡Qué apoyo ni qué apoyo! Este es un número superfirulítico, supersalchichero, supergastronómico, supermusical. Abriremos con esta canción el concierto, no se hable más.

Me quedé de piedra al ver que esta vez Don Batuta no apoyaba a los animales, y por la expresión crispada y tensa del cerdo me temí lo peor. Por suerte, su rabia solo explotó verbalmente y no llegaron a las manos.

—Don Batuta, nunca pensé que una persona de su sensibilidad aplaudiera una canción tan ordinaria. ¿A qué viene ahora esta humillación después de habernos defendido y contratado para formar parte de su orquesta? –habló Henry.

—¡Qué humillación ni qué humillación! La música está por encima de esas tonterías. ¡Gambas, calamares, salchichas, da igual! El caso es cantar, seguir el compás, un pie hacia delante y otro hacia atrás. Baile conmigo.

—Lo siento, Don Batuta, pero esto es más de lo que un cerdo de mi categoría puede soportar.

Y dando un manotazo a la cortina, salió del local de ensayo seguido por cuatro ovejas, dos vacas, seis gallinas, un caballo y un gallo.

Tras la salida de los animales, la tensión se podía cortar con cuchillo. El corpulento cocinero, acongojado por la escena vivida, parecía haber encogido dos tallas. Y avergonzado por haber sido él el causante de la discordia, engulló de golpe las diez salchichas, como si así desapareciera el rastro de la disputa. Yo, por mi parte, no pude evitar preguntar:

—¿Y ahora qué, Don Batuta? Sin músicos, sin instrumentos y a menos de dos semanas del concierto, ¿no sería conveniente comunicárselo al Alcalde?

–Zapatero a sus zapatos: usted siga con la investigación, que de esto ya me ocupo yo. ¿Todavía no tiene nada?

–Estoy tratando de localizar a Amnesio. ¿Sabe usted dónde está?

–¿Acaso soy yo su guardián? ¿Acaso soy yo su padre? Vaya usted a su guarida, aunque hoy no lo he visto por aquí.

11. En la guarida de Amnesio

Me volví loco para encontrar la dichosa guarida del ayudante de Don Batuta. Bajé y subí varias veces la escalera sin dar con ella, hasta que, de pronto, me decidí a abrir en la antesala de la madriguera lo que parecía un armario, y resultó ser su despacho. Era un cubículo del tamaño de un ascensor, con una silla y una mesa atiborrada de papeles. Me pareció realmente claustrofóbico. Le salvaba un ventanuco que daba a un paisaje de tejados por el que entraba la anaranjada luz del atardecer. Dentro no había nadie.

Me puse a fisgar entre sus papeles y descubrí una tarjeta de una tienda de compraventa de instrumentos de segunda mano, que, de inmediato, me hizo saltar la alarma. Buceando entre aquella maraña, me encontré un silbato. En ese instante recordé la

colección de silbatos ucranianos de Don Batuta, y el corazón me dio un vuelco. Ese silbato unido a la tarjeta resultaba más que sospechoso, eran demasiadas coincidencias. Cuando estaba apuntando en mi agenda la dirección de la tienda, llegó Amnesio.

–Hombre, Amnesio, precisamente estaba buscándole. Don Batuta me ha encargado que investigue la desaparición de los instrumentos y he encontrado algo en su mesa que me ha extrañado. –Le mostré el silbato ucraniano.

–¡Pero si es uno de los silbatos ucranianos de la colección de Don Batuta! Me pregunto por qué lo tiene usted. –Y, llevándose el dedo a la sien, añadió casi a renglón seguido:– Me rindo.

–Lo he encontrado en su mesa –le informé.

–¿En mi mesa? Me pregunto cómo ha llegado el silbato ucraniano a mi mesa.

–Y además me he encontrado esta tarjeta de una tienda de compraventa de instrumentos –le dije, sosteniéndole la mirada–. ¿No le parece extraño?

–Extrañísimo –replicó sin dar muestras de nerviosismo.

–¿Conoce usted esta tienda?

–Me pregunto si la conozco. Concéntrate, Amnesio.

Me di cuenta de que, con semejante desmemoriado, era imposible llegar a ninguna conclusión.

—¿Le parece que vayamos a preguntarle a Don Batuta si él sabe algo de esto?

—Sí, me parece bien.

Encontramos a Don Batuta balanceándose frenéticamente en su trapecio mientras cantaba con rabia la famosa aria de *La flauta mágica* de Mozart en la que la Reina de la Noche, ciega de ira, insta a su hija a vengarse del príncipe Tamino por haber desconfiado de ella:

La furia del infierno hierve en mi corazón.
La rabia y la desesperación arden en mí.

Me dio reparo interrumpirlo, pero él, al vernos, de un triple salto mortal aterrizó a nuestros pies y me preguntó con ansiedad:

—¿Ha encontrado ya los instrumentos?

—Bueno, he encontrado uno —respondí mostrándole el silbato ucraniano.

—¡Por todas las corcheas del pentagrama! ¿Dónde estaba?

—En la mesa de Amnesio, enterrado entre papeles. Y además he encontrado esta tarjeta. ¿Tienen ustedes alguna relación con esta tienda? Porque Amnesio no consigue recordarlo.

Me arrancó la tarjeta de la mano y, fuera de sí, se embaló:

–Verde y con asas... Blanco y en botella... Por el humo se encuentra el fuego... ¡Dos más dos son cuatro! –Y, señalándolo, sentenció:– ¡Amnesio, has sido tú! ¡Confiésalo!

Amnesio, pálido y tembloroso, balbució:

–Pero... Don Batuta... ¿Cómo puede usted dudar de mí, si soy su fiel ayudante, el hombro sobre el que llora y el hombre que le hace reír en los malos momentos?

–¡Qué hombro ni qué hombre! Todas las pruebas te acusan. Devuélveme los instrumentos o te devuelvo al desierto del que te rescaté.

–Le juro, Don Batuta, que yo no he sido. No me diga cómo, pero lo sé y se lo demostraré.

Y se fue con lágrimas en los ojos. Una vez a solas con Don Batuta, no pude evitar decirle:

–Yo creo en la inocencia de su ayudante. Ha sido usted muy duro.

–Y usted un liante. ¿A cuento de qué me viene con esas pruebas para incriminarle? ¿Qué clase de detective es usted?

–Es que no soy un detective, soy un periodista.

–Un periodista que aceptó el reto que le planteé, y el tiempo vuela, así que váyase a investigar. ¡Ar!

12. La vida es bella desde los ojos del cerdo

El único hilo posible del que tirar para mi investigación era ir a la tienda de compraventa de instrumentos. Atravesé el parque. Hacía un día más propio de primavera que de invierno y la gente, sentada por el césped, aprovechaba los inesperados rayos de sol. A lo lejos distinguí a Amnesio y al cerdo Henry, que le tomaba la mano. La curiosidad me empujó a acercarme y, oculto tras un arbusto, escuché su conversación:

—Tranquilo, amigo —le consolaba Henry—, no te preocupes. Aquí está para velar por tu vida con pezuñas y dientes Henry MacPig, a quien tú ayudaste a entrar en la orquesta de Don Batuta. Ahora ya no estamos con él ninguno de los dos, pero la vida es bella y vale la pena vivirla sea cual sea su final: cárcel, orquesta u hospital.

–¿Cárcel? ¡Pero si yo soy inocente!

–Naturalmente. Y lo demostrarás. La vida pone a cada uno en su lugar. Vendrán días de vino y rosquillas, tontas y listas. Y vendrán escaparates que contemplar y libros que leer y música que escuchar y amigos con los que conversar. ¡Ánimo, Amnesio! No desesperes, yo creo en tu inocencia.

Conmovido, salí de mi escondite y di la cara:

–Y yo también, Amnesio. Así se lo hice saber a Don Batuta. Siento que por mi culpa se haya puesto en entredicho su honradez, pero le aseguro que encontraremos al culpable.

13. Sordo como una tapia

Dejé a Amnesio y a Henry en el parque y me dirigí a la tienda. Aunque más que tienda era un almacén donde se amontonaban sin orden ni concierto instrumentos de todo tipo: violines, violas, castañuelas, trompetas, trombones, crótalos, pitos, flautas, clarinetes, bombos, platillos y un largo etcétera sinfónico. Me atendió un anciano con un sorprendente parecido a Beethoven y tan sordo como él. Pero más sorprendente todavía fue que se presentara con el nombre del genial compositor.

–Soy Beethoven. Ludwig van Beethoven. ¿En qué puedo atenderle?

–Quiero saber si han venido últimamente a venderle una partida de instrumentos para orquesta –le dije.

–¿Cesta? No, aquí no se venden cestas.

—¿Y un piano Steinway? —Alcé la voz.

—¿Un peine? Oiga, joven, esto no es una droguería.

—¿Y no han venido a ofrecerle una colección de silbatos ucranianos? —grité.

—¿Anos, dice? Esto ya pasa de castaño oscuro. Ja, ja, ja, ja... —Se rio con la melodía de la Quinta Sinfonía de Beethoven.

En vista de que era imposible entenderse con él, le mostré el silbato ucraniano a la par que escribía en mi tableta: «¿Le han ofrecido una colección de silbatos como este?»

—No, no, no, no... —Cantó los primeros acordes de la Quinta Sinfonía.

A continuación le fui mostrando las fotos de Don Batuta y de Amnesio, así como de cada uno de los miembros de la orquesta para ver si alguno lo había visitado en su tienda.

—No, no, no, no... —Volvió a entonar los primeros acordes de la Quinta Sinfonía.

Ya solo me quedaba la foto del Profesor Bombilla. Al verla, Beethoven torció el morro y exclamó:

—¡A este le conozco! Tiene un puesto en el mercadillo de Santa Cecilia. ¡Es un charlatán!

En ese preciso instante reparé en los gemelos de la camisa del Profesor Bombilla y se me aceleró el corazón. Metí la mano en el bolsillo y saqué el gemelo que había encontrado en las escaleras que conducían a la galería de instrumentos. Eran idénticos. Obviamente era una señal de que Bombilla había estado allí. Ahora me quedaba por descubrir el porqué.

14. La venganza del Profesor Bombilla

Sin tiempo que perder, me encaminé al mercadillo de Santa Cecilia con la esperanza de que el gemelo me condujera al ladrón.

Con el buen tiempo, el mercadillo estaba la mar de concurrido. Era un festival para los sentidos. El olor de las flores se mezclaba con el de las frutas, pan recién horneado, garrapiñadas y castañas asadas. En medio de todos aquellos puestos, el del Profesor Bombilla no pegaba ni con cola y rompía la paz de aquel idílico y campestre lugar. De su estrafalario tenderete colgaban todo tipo de instrumentos de percusión que él hacía sonar con gran estrépito mientras voceaba su mercancía:

—¡Bombo, pandereta, platillos y timbales se golpean, se sacuden, hacen ritmos siniguales!

Me acerqué a su puesto con el gemelo en la mano. Pero, antes de que pudiera decir yo nada, él se adelantó con su verborrea:

–Triángulo, xilófono, cascabeles y tambor le servirán a usted para acompañar cualquier canción.

–Profesor Bombilla –le corté–, ¿no se acuerda de mí?

–No, y digo no porque no me acuerdo.

–Nos conocimos en la madriguera de Don Batuta.

–¿A qué ha venido usted? No quiero saber nada de ese impresentable, y digo impresentable porque tuvo la desvergüenza de decirme que el triángulo que yo inventé ya se conocía en tiempos de los hebreos.

–Sí, recuerdo que juró vengarse. ¿Lo ha hecho usted?

–Por supuesto, y digo por supuesto porque lo hice.

–Agradezco su sinceridad. ¿Qué ha hecho con los instrumentos de Don Batuta?

–¿De qué instrumentos me habla?

–De los que usted se llevó de la galería de Don Batuta. –Abrí la mano y le mostré el gemelo.– Lo perdió usted en la galería cuando estuvo allí.

El Profesor Bombilla me lo arrebató y se lo puso en la manga de la camisa que llevaba suelta.

—Le agradezco el detalle de haberme traído mi gemelo, pero se equivoca. Y digo que se equivoca porque yo no he robado nada. Bajé a la galería para comprobar si efectivamente tenía él un triángulo como el que yo había inventado, y allí lo tenía, el muy copión, pero no me lo llevé.

—¿Ah, no? Entonces ¿en qué ha consistido su venganza?

—Pues... —Volcó una bolsa de plástico sobre el tablero del tenderete, que quedó cubierto de retales negros.— He cortado sus levitas por la mitad y las he convertido en toreritas. Y digo toreritas porque en lugar de un director va a parecer un torero.

Disimulé la risa con un golpe de tos. Con semejante venganza, el Profesor Bombilla quedó descalificado a mis ojos como ladrón. Era obvio que no era la persona que estaba buscando.

El sonido del teléfono interrumpió la conversación. El Profesor Bombilla descolgó una de las maracas del tenderete y se la pegó a la oreja.

—¿Quién me llama? Y digo quién me llama porque me está usted llamando.

A través de su teléfono yo podía oír la voz de la interlocutora preguntándole si estaba interesado en comprar una colección de silbatos ucranianos. Era un timbre de voz que me resultaba francamente familiar. No me costó mucho caer en la cuenta de que se trataba de la señorita Pitiminí. Entonces lo vi todo claro: ¡la ladrona era ella! Esta vez mis sospechas estaban bien fundadas. La coartada de ir a reclamar su flauta a Don Batuta inmediatamente después del robo me había hecho descartarla como sospechosa. Y ahora veía claro que había tratado de incriminar a Amnesio dejando en su mesa el silbato y la tarjeta de la tienda de compraventa de instrumentos. ¡Menuda arpía!

Sin esperar a oír la interminable perorata con la que el Profesor Bombilla rechazaba su propuesta, me aparté para llamar por teléfono a Don Batuta y preguntarle la dirección de la flautista.

15. Una ladrona de guante blanco

Cuando llegué a la dirección que me había dado Don Batuta, me sorprendió que la Señorita Pitiminí viviera en un barrio tan humilde, ella que se daba aires de marquesa. Subí andando los cinco pisos hasta su casa por una escalera que olía a desagüe y estaba necesitada de un buen fregado. Su puerta, por el contrario, estaba recién barnizada y tenía una ostentosa placa dorada en la que, en grandes letras, podía leerse: «SEÑORITA PITIMINÍ, FLAUTISTA DE POSTÍN». Pulsé el timbre mientras recuperaba el resuello. Nada.

Tras insistir varias veces, se abrió la puerta de la vecina de enfrente y una mujer en bata y zapatillas, con la cabeza envuelta en una toalla, me espetó:

–La señorita Pitiminí no lo va a oír, estará dormida. No me extraña, toda la noche tocando la maldita flauta...

–Ah, ¿pero esta noche también ha tocado? –la interrumpí. ¿Cómo podía ser si se la habían robado?

–Por supuesto, no nos da tregua ni una noche. Se lo permitimos porque sabemos que está en la orquesta de Don Batuta y va a dar el concierto inaugural de las fiestas, que si no de qué. Aquí todo el mundo la detesta.

Me hice el tonto para poder seguir sonsacando información sobre la flautista mientras tocaba el timbre intermitentemente:

–¿Ah, sí? ¿Y eso por qué?

–Porque nos mira a todos por encima del hombro y nos trata como si fuéramos sus vasallos. Y es una trepa, una arrogante, una presumida, una mentirosa. Miente más que habla.

En ese momento se abrió la puerta y la señorita Pitiminí, con ojos somnolientos y vestida con una elegante bata de raso blanco ribeteada de armiño, apareció y, con voz afectada, preguntó:

–¿A qué viene tanto timbrazo?

–Señorita Pitiminí, siento haberla despertado. ¿Me recuerda? Soy el periodista que está haciendo el reportaje sobre Don Batuta. Me gustaría entrevistarla para mi periódico.

A la señorita Pitiminí se le iluminó la cara y lanzó una mirada llena de suficiencia a la vecina, que no quería perder ripio de la conversación.

–Pase, aunque... qué quiere que le diga, mi representante debería haberme avisado con tiempo. Mire qué pelos...

–No se preocupe, podemos empezar con la entrevista y luego, cuando se arregle, hacemos las fotos.

Me hizo pasar y le dio a la vecina, que intentaba colarse, con la puerta en la narices.

Su apartamento era tan cursi y pomposo como ella: cortinas y cojines de raso de color fucsia y llenos de perifollos, figuritas de porcelana por doquier, paredes empapeladas con floripondios, marcos y espejos dorados... un espanto. Se tumbó en un diván con pose de estrella de Hollywood y me hizo un gesto para que me sentara en el reducido espacio que quedaba a sus pies.

–¿Qué quiere saber de mí?

–¿Cómo ha encajado que Don Batuta prescindiera de usted nada más contratarla?

–Ay, qué quiere que le diga –respondió, contrariada–, si la entrevista va a girar en torno a Don Batuta, no me interesa. Pensé que la protagonista era yo, no ese vago que se pasa la vida columpiándose en un trapecio como si fuera un mono. Y le digo más, estoy convencida de que ha sido él quien ha hecho desaparecer los instrumentos para no tener que presentarse en público con esa panda de animales.

Mi pregunta había conseguido soltar la lengua de la flautista.

–Supongo que la desaparición de su flauta le habrá causado un gran trastorno –comenté intencionadamente–. Recuerdo que dijo usted que era la única que tenía.

–En efecto, no tengo otra. Y qué quiere que le diga, estoy destrozada. No puedo ensayar... –mintió descaradamente–. Y un músico necesita tocar su instrumento a diario. Además mi flauta es como una prolongación de mi cuerpo. Me siento como si me hubieran amputado una parte de él.

–¿Ha denunciado ya a Don Batuta, tal como le amenazó?

La señorita Pitiminí, muy alterada, se puso en pie de un brinco y me cortó:

–Voy a arreglarme para las fotos y, cuando vuelva, no quiero más preguntas sobre Don Batuta. Ese capítulo de mi vida lo he borrado por completo.

Salió con aires de diva y fue a encerrarse en el cuarto de baño. Yo aproveché la ocasión para inspeccionar el apartamento por si encontraba alguna prueba que la incriminara. Miré debajo de los cojines, de los sofás, tras las cortinas, en un armario... En ese momento sonó el teléfono, aunque me costó identificarlo, pues se trataba de una melodía más propia de una cajita de música. A continuación saltó el contestador y una voz áspera y ronca dijo: «Nena, ya tengo comprador para los silbatos ucranianos. Lo otro va para largo. Nos vemos esta noche en Faustino's.» No podía creer mi suerte. Por fin tenía una prueba concluyente. No había lugar a dudas de que Pitiminí había robado los instrumentos y que tenía un cómplice.

Llevado por la euforia, decidí jugármelo todo a una carta. Saqué el silbato ucraniano que había recuperado de la mesa de Amnesio y lo dejé caer a los pies del diván. Justo entonces apareció ella vestida con un traje negro largo, un collar de perlas y guantes blancos hasta el codo.

–¿Qué le parece este modelito para las fotos? Di mi último concierto con él.

–Fabuloso –exclamé sin mirarla. Y me agaché a recoger el silbato que yo mismo había tirado al suelo–. ¿Y esto? Parece un silbato ucraniano de la colección de Don Batuta. –Escruté su mirada para ver su reacción.

–Ucraniano, sí –dijo entre perpleja y agobiada–, pero no de Don Batuta. Lo compré en Ucrania cuan-

do fui a dar un recital. ¿Empezamos con las fotos? ¿Dónde quiere que me ponga?

–Me temo que las únicas fotos que le sacarán hoy serán la que le hagan en comisaría para ficharla –dije, a la vez que pulsaba la tecla del contestador.

Al escuchar el mensaje, a Pitiminí se le fue el color de las mejillas y a mí se me encendió una luz: ¡la voz era la de Arpegio! La flautista, al verse pillada, corrió hacia la puerta para darse a la fuga. Conseguí darle alcance justo cuando la abría. En ese momento un cuerpo se abalanzó sobre ambos y nos hizo rodar por el suelo. Era la vecina, que había estado escuchando tras la puerta con un vaso y que, según dijo, ya había llamado a la policía. Entre ambos retuvimos a la señorita Pitiminí, mientras ella no dejaba de lloriquear:

–Todo el mundo está en contra de mí. Soy víctima de una conspiración, a mí me va a dar algo, es que me da algo... ¡Mi carrera de flautista está acabada! ¡Aaargh!

16. Una furtiva lágrima

Don Batuta me recibió como un gran héroe. Nada más llegar, me agarró de la cintura para bailar una polca mientras me llenaba de besos y de halagos por haber recuperado los instrumentos. Pero, de pronto, en cuestión de segundos, pasó de un ánimo alegre y festivo a una seriedad que me preocupó.

–Quiero que me haga un último favor: Amnesio no responde a mis llamadas y necesito pedirle perdón. No puedo vivir, ni bailar, ni dar conciertos ni poner la lavadora con este gran peso que tengo en el alma.

–Eso está hecho, Don Batuta –dije sabiendo que estaba a punto de aparecer junto con los animales porque yo mismo los había convocado–. Pero le recuerdo que también ofendió a Henry y a sus muchachos.

–Por supuesto, que vengan también. Me pondré de rodillas ante ellos, los quiero, los amo, los necesito para mi orquesta.

Y, sin más, se puso a cantar:

Don Batuta tenía una orquesta, ia, ia, o.
Y en esa orquesta tenía un cerdo, ia, ia, o...
Con el oink-oink por aquí, con el oink-oink por allá...

En ese momento, Henry irrumpió en la sala y Don Batuta lo recibió con los brazos abiertos.

–Lo siento, *I am sorry*, siento haberle ofendido, Henry MacPig. Se acabaron las salchichas, las sartenes y los cuchillos: ¡han aparecido los instrumentos! Podéis estar tranquilos, a mi lado no correréis ningún peligro.

–Rectificar es de sabios, Don Batuta –dijo el cerdo–. Y los MacPig nunca hemos sido rencorosos. Cuente conmigo y con mis muchachos para su orquesta.

MacPig y Don Batuta se fundieron en un sentido abrazo, que enseguida deshizo Don Batuta apremiándole para que fueran a ensayar.

–Pero... Don Batuta... ¿Y Amnesio? –le interrumpí.

–¡Qué Amnesio ni qué Amnesio! El caso es tocar, seguir el compás, un pie hacia delante y otro hacia atrás. Todos a ensayar. ¡Ar!

Amnesio, que estaba observando la escena desde detrás de la puerta, se sintió dolido y abandonado por su maestro. La pena era tan honda que, para no ahogarse en ella, cantó a su manera una famosa aria de ópera:

Una furtiva lágrima,
de mis tristes ojos brotó,
porque mi caro maestro
me abandonó.

Don Batuta, casi en trance, exclamó:

–¿Quién canta ahí? ¿Qué pájaro extraordinario canta de esa manera? ¿Qué prodigiosa garganta, pecho divino, lengua canora, dientes de marfil o postiza dentadura? ¡Oh! Es la voz de tenor más perfecta que he oído en mi vida.

–Don Batuta –dije yo–. Es Amnesio.

Don Batuta echó a correr hacia la puerta y yo detrás. Ahí estaba Amnesio, acurrucado en una esquina y con una lágrima rodándole por la mejilla.

Don Batuta, arrebatado por la emoción que le había producido el descubrimiento de Amnesio como tenor, y feliz de haber recuperado a su fiel y leal ayudante, lo agarró y empezó a mecerlo tiernamente entre sus brazos mientras cantaba una conocida canción de cuna:

Duérmete, Amnesio, duérmete ya,
mi gran estrella
ha de descansar.

A continuación, dirigiéndose a mí, dijo:

—Vamos, joven, inmortalice este momento con una fotografía. Acaba de nacer una estrella y el concierto nos va a llevar a la gloria, a la más alta cumbre musical, al éxito más arrollador, a la eternidad.

Empecé a disparar mi cámara con la vista nublada por la emoción. Era consciente de que estaba viviendo un momento único tanto musical como sentimental.

Una semana después, Amnesio debutó en el concierto inaugural de las fiestas de Sonsonete. Y fue la gran revelación de la noche, acaparando casi más ovaciones que el propio Don Batuta, que tuvo que salir a saludar hasta diez veces y repetir con la orquesta algunos de los momentos más aplaudidos. Entre ellos, el impresionante mugido del coro de vacas en *La Traviata*, el relincho en do mayor del caballo, el espectacular solo de cacerolas de Salchicha o la apabullante sinfonía en si menor de cacareos de las gallinas.

Fue una noche emocionante en la que todo el pueblo vibró al unísono y en la que a mí me quedó claro que Don Batuta no era un loco ni un farsante, sino un genio de la categoría de Mozart.

El único loco y farsante que apareció en el concierto esa noche para dar la nota fue Ludwig van Beethoven, pero no el genial compositor, sino el dueño de la tienda de compraventa de instrumentos, que interrumpió el Himno a la Alegría gritando que esa composición era suya y que los iba a demandar porque no le habían pagado derechos de autor.

Lejos de enfadarse, Don Batuta le hizo subir al escenario para recibir los aplausos junto a él sin saber que ese espontáneo gesto de generosidad iba a costarle muy caro y a ocasionarle tremendos problemas, no sabía el maestro la que se le venía encima. Pero esa ya es otra historia que contaré otro día.

Índice

María Menéndez-Ponte

nació en La Coruña y es autora de numerosos cuentos y novelas infantiles y juveniles. Entre sus libros publicados, destacan los de la exitosa serie de *Pupi, Un plato de blandiblú* (finalista del Premio Internacional Piaget 1997), *Quiero un hermanito* (mención en los Premios CCEI 2004) o la novela *Nunca seré tu héroe* (Libro de Oro 2006). En 2007 recibió el Cervantes Chico.

Marta Azcona

nació en Oviedo. Ha sido reportera, redactora y guionista de distintos programas de radio y televisión. Desde hace varios años se dedica exclusivamente a escribir guiones para telenovelas y series de ficción. Ha publicado *Manual de amargados, maniáticos y depresivos* y *Un regalo diferente*, su primer libro infantil.

Rosa Osuna

nació en Segovia. Como muchos ilustradores, procede del campo del diseño gráfico. Por su primer álbum ilustrado, *Abuelos* (Kalandraka) recibió el prestigioso Premi Llibreter 2003 de los libreros catalanes. Ha ilustrado álbumes y libros de texto infantiles para la mayoría de las editoriales españolas, y es autora (texto e ilustración) de dos libros, *Historia de Uno* y *Ese Otro* (Thule). La oportunidad de poner cara y cuerpo al loquinario de Don Batuta le viene de lejos, y es una historia de amistad, humor y música.